白日傘

金子恵美句集

文學の森

序

金子恵美さんが、処女句集『白日傘』を上梓されることとなった。心からお祝いを申し上げたい。

私が主宰する「深海」に参加される以前の恵美さんの句歴については、あまり存じ上げない。しかし、「深海」に参加されるや否やその瑞々しい詩性を誌上に展開された。この句集を読まれる方々はどこから読んでもすぐに恵美俳句の世界に触れることが出来る。上質な詩性の中にいる自分を発見されることと思う。

今回句稿を何度も読んで恵美俳句の特質をさぐった。そして、次のようなキーワードが浮かんできた。「影」「孤独」「風」「子供」「母」「色」「音」「息」「火」「匂」等である。

凍蝶のおのれの影を抜け出せず

影さへも捨てる素早さ青蜥蜴

鴨の陣ひとつの影に崩さるる

わが影のみるみる融けて秋夕焼

「影」について作者には強い執着があるようである。多くの句が詠まれている。影というものは、本体、実体と比較して二次的な存在と一般には考えられている。しかし、私は影はあるときは、実体そのものあるいは実体以上の存在であると考えている。己れの影を抜け出せない凍蝶は、影を重く命そのものと考えている。青蜥蜴はそのような影まで捨て去って逃げる。危急の状態を浮彫にしている。崩される鴨の陣は、影に実体を感じ怖れたのである。四句目は、人間そのものが融けてゆくようなシュール感に魅力がある。いずれも影というものの本質、重さを見事に描ききっている。影と実体とが表裏一体であることを確信していることが根底にあって成った句である。

サングラスひとりつきりになりたくて

花火果てひとりの夜に戻さるる

蓑虫の幾重まとひし孤独かな
所詮独り夜の葡萄に指濡らす

国民主権と言いながら、現代社会において国民は表現の自由も何もない。それらは権力者のみに許されている。これによる病理現象は、国民の精神面に種々あらわれる。自己疎外、孤独感がそれである。
ひとりっきりになる為のサングラスとは、実に淋しく哀しい。しかし、それはこのような大衆社会の心理状態から逃れるための一つの方策である。その「孤独感」の中で人は癒される。しかし、よく考えてみると、真の孤独を感じ得ないところに現代人の不幸があるように思う。我々は贋の孤独の中に安住しているのかも知れない。真の孤独の中で真の自由、安らぎを得たいものである。
四句どれも、現代社会の個人の苦悩、孤独に踏み込もうとするものがあり、私の好きな句である。一見個人を詠んでいるようであるが、底には深い社会性があるように感じる。

野遊びの風を光と言ひにけり
春ショール風の誘ひに乗つてをり

新緑や手話のてのひら風を呼ぶ
風鈴に触れ新しき風となる

影、孤独を求める俳句は次に「風」に関心がゆくことになる。管理社会の中で雁字搦めになった心は、強く解放を求めて止まない。そして風のように自由になることを心から望む。「風を光と言ひ」は、風こそ希望であり、未来そのものとの思いからである。春ショールが「風の誘ひ」に乗るのは、人の心がすでに風の誘いに乗っているからである。そして、手話のてのひらは風を呼び風となって空に舞う。風に包まれるとき、人は自然に包まれていることを感じる。自然と一体となることによって、人の心は回復する。自然讃歌が心地よく読む者の心の中に響いてくる。

花びらのやうに泳ぎぬ初湯の子
春光の乳母車より児を掬ふ
遊びつくして少年の夕焼ける

「花びらのやうに」の直喩が「子供」に対する深い愛情に満ちあふれていて、

読む者の心を熱くさせる。深い愛がなければ生まれてこない比喩である。二句目は「深海」巻頭作品の中の一句である。この「掬ふ」にも背後に深い思いやりを感じる。三句目は遊びつくして夕焼の中にいる子の至福を母の至福と感じているのである。

十薬や母呼ぶ時は子に戻る

秋霖や膝寄せて切る母の爪

子への愛は当然「母」への愛となる。子供に戻って母を呼ぶ姿はうらやましい限りである。そこには絶対なる母への信頼が底にある。母という大きなものに抱かれる幸せがいつも身近にあるのである。人間関係の基本がここにある。

桜貝波の青さに洗はるる

濡れ色てふ色を束ねて洗ひ髪

蚕豆の腹押して出す空の色

雪しまく夜は昴りの白となり

「色」について作者が詠うとき、その感性が最高に発揮される。桜貝の桃色は海の波の青さに洗われ、磨かれたものなのだ。青から生まれる桃色という意外性によって一気に詩になっている。二句目の洗い髪を濡れ色ととらえた感性と写生眼には驚く。誰もが見、誰もが知っている濡れ髪であるが、その濡れ色に気づく人はなかなかいない。濡れ色こそ洗い髪そのものなのだ。三句目の「蚕豆の腹」にはくすりと笑ってしまうが、そのあと下五の「空の色」によって格調正しい句としているところは見事である。四句目はただの白ではなく、「昂りの白」なのだ。美しく心に響く措辞である。

人形の臍きゆつと鳴る夜店かな
落葉踏む音の積まれてゆきし胸

一句目は臍という言葉もさることながら、「きゆつと鳴る」で俳句の本質の一つである諧謔を描くことに成功している。和歌の雅に対して俳句は俗を追求するが、格を失ってはいけない。掲句は見事にそれをクリアしている。二句目は、音の積まれゆく胸がとても魅力的で惹かれる。積まれてゆくのは、落葉の音だけでなく淋しく鳴る「こころの音」でもあるのだ。

吸ふ息も吐く息もただ寒の底
　吐息ごと沈めて夜の水中花

一句目は生の苦しさ、生の厳しさを吸う息、吐く息で見事に描ききっている。吸う息、吐く息の中に人間の生があり命がある。それがどのような息であるかによってその人の人生が決まる。「息」を大切に生きることを教えられる。それに対して二句目の息はとても耽美である。生の中にこのような息もあってよい。それこそ人生の余裕である。

　闇に火の匂ひ立ちたる淑気かな
　火祭のどよめき闇を押し上げる

ゾロアスター教をはじめ拝火の思想は世界に沢山ある。「火」が最も火の色を見せるのは闇の中である。作者は闇の中で輝く火のみではなく匂にまで言及し、それが淑気になったという。火はすべてを浄化する力を持っているのだ。二句目は火祭のダイナミズムを見事に描いている。押し上げられた闇は天そのものである。太古の人類の闇への恐怖は強い火への信仰となる。現代人はその遺伝子を持って今を生きている。

淋しくて扉ひらけば月匂ふ

真夜覚めて雪の匂ひと思ひけり

これらの「匂」の中に研ぎ澄まされた感性を感じる。一句目は扉の音から月の匂への転換が実に見事である。二句目は真夜中の静寂の大きさを感じる。雪の匂は作者の身を包み、心を包み込んでゆく。

このように恵美俳句の世界を見てきたが、改めてその格調の高さ、感性の素晴しさ、人間性の豊かさに感嘆する。

最後に私の好きな句のいくつかを挙げる。

夕暮の色吸ひ尽くし大地凍つ

身に覚えなき傷見つめ夏の果

炎天といふ静けさを歩き出す

愁ひなど知らぬ日の息しゃぼん玉

寒明けの遠山すつと立ち上がる

黒髪といふ熱きもの風花す
薄氷や触れてあやふき人の距離
毛糸編む時間の中へ逃げたくて
一言も語らざりけりかたつむり

これらの句には、次のステージへの萌芽があきらかに見られる。今後の恵美俳句の世界が楽しみである。

平成二十八年七月

中村正幸

句集　白日傘／目次

装丁　巖谷純介

句集

白日傘

新年

闇に火の匂ひ立ちたる淑気かな

花びらのやうに泳ぎぬ初湯の子

満開の重さにしだれ餅の花

初神籤帯に大吉仕舞ひけり

若水や柄杓に掲ぐ空の青

元朝の視野をはみ出す水平線

手のひらに勝ち独楽の熱握りしむ

春著着て根付の鈴の鳴り通し

恵方道水の匂ひと火の匂ひ

春

寒明けの遠山すつと立ち上がる

薄氷や触れてあやふき人の距離

菜の花の黄を燃え立たす海の風

雛飾る影やはらかく置かれある

囀の深さ身じろぎできずゐる

春障子乳の匂ひの熟寝かな

大河渡りてつばくろの風となる

躑躅燃ゆ生家はいつもひんやりと

襟化粧匂ふ八坂の夏隣

種袋振るさらさらと風の来る

春キャベツざくざく切つて別れの日

嬰児の初めての歯や風光る

雛鏡覗く去りにし日を覗く
手に享けて朧月夜の雫かな
春宵の鏡の中を歩き出す

山葵田の水に命のあるやうな

蕾てふまだ痛みなき花辛夷

船上に魚の腹裂く花の冷え

身中にあやふさありぬ春の雷

惜春の紅溶けてゆく絵蠟燭

てふてふや微熱の昼をもて余す

囀を横切ってゆくベビーカー

差し伸べて手のひらに置く花明り

目つむりて花の下なる奈落かな

陽炎に近づく小石蹴り込んで

朧夜の鏡に崩す夜会巻き

突つぷして泣く子囀かぶりけり

麦踏のあぎとが雲を追ひかける

梅三分写経の筆のすぐ乾く

青き踏む怒りの徐々にしづまりて

春光の乳母車より児を掬ふ

愁ひなど知らぬ日の息しやぼん玉

野火走る夜は潮騒の昂りて

野遊びの風を光と言ひにけり

春一番家系図に足す赤子の名

囀のこの濃きところ母の家

ひよつとして天涯孤独春の風邪

淡雪や夢二の女片手つく

ここよりは木曾路からから風車

幸せの続きを話す春愁

吊し雛ひとつの揺れてみな揺るる

お水取沓音闇を連れて来し

水取や火の粉のどつと闇を占め

昴りの頰触れにけり春の雪

梅林の奥へ集まる風の息

春の月人待つわれを濡らしけり

胞衣塚の地を赤く染め落椿

花冷の畳につきし片手かな

爪先の息つめて歩す春の泥

春ショール風の誘ひに乗つてをり

はくれんの飛び立つ構へしてをりぬ

孕み鹿潤む眼を向けにけり

囀に佇つ天平の風に佇つ

折り紙の角きつちりと卒園す

紅梅や染み抜きに出すひと襲

青き踏む泣きて寧らぐことのあり

母今も何か煮てゐる雪の果

梅東風の白きものから乾きけり

やさしさに躓く春の愁ひかな

茅花手に室生寺行きのバスを待つ

ひとり夜の指輪はづせば冴返る

好きな風来るまで待つて柳絮飛ぶ

智照尼てふ名妓の墓に春惜しむ

いきなりの蝶は影さへ連れてこず

落椿闇をたたけば闇を見る

春を愁へば口紅の色褪せにけり

春の雪払ひし指に吸はれけり

何故と問ふ何故と応へる春の夜

脱ぎ捨てるやうに春愁ほどけけり

囀の小さな駅に乗換へす

膝に抱く子としばらくは春の雪

桜貝波の青さに洗はるる

五つ紋衣桁に掛けて春の雪

高きより魚に塩振る花曇

花衣指に絡めて抜くしつけ

甲冑の紐黒く垂れ花の昼

喉甘き試飲の地酒花の山

すかんぽを嚙むやこの世を旅と言ふ

一途てふ言葉知らねど娘の鞦韆

君がまだ起き出す前の春の雪

拍手の身ぬちに響く余寒かな

雨を聴くしだれ桜の宙の中

風甘く流れて雨後の桜かな

うららかに無垢の眠りを抱きけり

行く春の波がさらひし波の音

春の雪つぎの言葉を待ちゐたる

初花の影の小さく水に落つ

朝桜人のぬくみに開きけり

そこはかと匂ひ沈めて春の闇

鉄棒の子が春風を蹴り上げる

夏

赤子つつみて神苑の白日傘

遊びつくして少年の夕焼ける

子は遠く離れて住みぬ梅漬ける

さくらんぼもつと優しくころがして
胸焦がしたく麦秋を走り抜け
歩き尽くして語り尽くして新樹の夜

薔薇の雨少女のやうな手紙書く

走り梅雨距離ある会話してをりぬ

聞き役に徹しラムネの玉鳴らす

羅の胸に挟みし小文かな

毛虫焼く冷たき火色見てをりぬ

夏立ちて少女の羽化の始まりぬ

少年が無口になつてゆく晩夏

鱧食うて三条四条と歩きけり

夏帯に密かな矜持守りけり

波音に身をゆだねゐる晩夏かな

草いきれ記憶の中を歩き出す

胸うちの修羅を鎮めて髪洗ふ

週末の薔薇と私にある虚飾

殻透きて夕日うつろふ蝸牛

淋しくて螢袋に隠れたし

人形の臍きゆつと鳴る夜店かな

遠花火足元の草揺れてゐる

手と足をうんと離して昼寝の子

南風や少年脛を光らせて

愛伝へたし草笛を強く吹く

噴水の雨に打たれて落ちにけり

百合の香の底に漂ふ眠りかな

影までが荒き息吐く大暑かな

みつしりと峡の闇あり栗の花

老鶯の分水嶺を鳴き分けて

たまさかの香水つけてある予感

少年の汗いつさいの嘘は無し

髪洗ふうなじに闇の近づきて

昼寝覚め少しせつなき顔をする

早苗田となりて落ち着く水の色

心太背中合はせのまま去りぬ

花火果てひとりの夜に戻さるる

大西日顔を失してしまひけり

街薄暑おしやれな椅子がこちら向き

炎昼の物音ひとつ無き学舎

青楓鈴振るやうに日をこぼす

日の鏝を当て一面の麦畑

井戸水に帰省の顔を洗ひけり

打水や豊かに暮らす母の路地

籐椅子に巻き戻しゆく時間かな

糶り落ちし金魚の水へ木札投げ

滝落ちて何ごともなき水となる

誰がために積む灼熱の小石かな

蟬時雨命の重さだけ哭きぬ

純白に疲れて沙羅の落ちにけり

吐息ごと沈めて夜の水中花

一言も語らざりけりかたつむり

金環日食瑠璃蜥蜴円描く

黒日傘日差しの重さ差してをり

豆の飯秘密を持たぬ顔をして

言霊を信ずる夜の青嵐

波音の正面に置く籐寝椅子

守るものばかり増えゆくサングラス

花火果て海の匂ひのよみがへる

浮人形不実の責めを受けてをり

水打つてあつけらかんと生きてやる

濡れ色てふ色を束ねて洗ひ髪

夜の海ひろげて蚊帳を吊りにけり

父の日の引き出しにある封書かな

麦茶飲むことも上手になり二歳

水中花誰にも見せぬ貌を持つ

米研ぎに戻る我が家の夕焼けて

夕風の雨意にうなづく月見草

通されて青水無月の畳の香

夏雲を抜け相輪の飛天かな

万緑や白鳳伽藍てふひかり

走らせて散らして集めて蓮の露

影さへも捨てる素早さ青蜥蜴

風連れて風に切り込む夏燕

新緑や手話のてのひら風を呼ぶ

満ち足りて人の妻たる白日傘

夕焼けて母を独りに戻しけり

日輪を呑み込むつもり蛇上がる

青梅を煮つめて夜の雨を聴く

風通しよき距離ありて花菖蒲

汗胸をつつつと流れ言葉のむ

炎天といふ静けさを歩き出す

嫁ぐ子の汗美しと眺めけり

初蟬の夜明けを待たず鳴きにけり

炎天を横切つていく盲導犬

日傘開きて振り返ることなかり

浜風に鉄鎖の匂ふ極暑かな

どこまでが夢短夜をたゆたうて

涼しさはひと葉ひと葉の影にあり

日傘高くしその人に駈け寄りぬ

飛び出してきてしまひさうな燕の子

核心に触れず炎天帰り来る

もの言はぬことが真実桐の花

目玉焼き目からつぶして朝曇

真つ白な便箋ひらく夏野かな

青梅や母の手いつも濡れてをり

おもむろに選ぶ夜店の指輪かな

棒鼻の西に東に夏燕

藤川宿むらさき麦の熟るる頃
大瑠璃に覚め勤行を待つ時間
濃あぢさゐ尼寺にある三行半

反論を許さぬ扇子開きけり

産まれたてのやうにプールを上がりけり

一列の風鈴風をつなぎけり

島の子の思ひ切り振る夏帽子

火蛾狂ふ落ちゆくさまを見届ける

胸たたく哀しみありぬ夾竹桃

横の子が気になる金魚掬ひかな

夏柳祖界に残る赤煉瓦

星涼しデカンターに灯の透けて

蟬しぐれ仲間はづれの子が帰る

十薬や母呼ぶ時は子に戻る

染め抜きの一字を割つて夏暖簾

香水やまだ打ち解けぬ夜の会話

死に方の巧さほめらる水鉄砲

身に覚えなき傷見つめ夏の果

大輪の薔薇は自ら崩れゆく

鱧食うて南座に灯の入りけり

朝掘りの筍ぬくき土落とす

蚕豆の腹押して出す空の色

丁寧に青梅を拭くひとりの夜

補助輪はもう外さうか柿若葉

地平線ふくらんでくる麦の秋

麦秋の風にたてがみありにけり

きのふより濃き影落とす百日紅

麦秋の絵本の中を馬駈けて

風鈴に触れ新しき風となる

深き闇背ナに負ひたる鵜匠かな

サングラスひとりつきりになりたくて
淋しくて青水無月の魚となる

秋

新松子育つ波音高くあり

黄落の激しさといふ静けさよ

鬼の子を見つけてくれし男かな

菊の香の暗くて長き廊下かな

絵本開けばとんばうのあふれ来る

夜の更けて祈りのごとし踊りの手

夜の梨ひとりの音を立ててをり

そつと声かけ流灯を手放しぬ

まつすぐに人の眼を見て露けしや

朝顔の襞ゆるめつつ日の昇る

しなふ手の闇抜けてくる風の盆

水底にゆらめく月を掬ひけり

水細く使ふ厨の十三夜

所詮独り夜の葡萄に指濡らす

火祭のどよめき闇を押し上げる

鳥渡るいま海光のはじけけり

爽涼の足袋きつちりと地を摺りぬ

終章にしをり挟みて十三夜

水澄みて女は目より翳り出す

故郷の地図には載らぬ花野かな

ここまでは許して暮らす鰯雲

きちきちを飛ばす真昼のいとまあり

そこまでと母に送られ十三夜

鵙高音きのふを過去とまだ呼べず

月今宵大きな影と男来る

捨てるもの数へて拾ふ木の実かな

病める身に喪の知らせ来る秋の蟬

祈り方知らねど祈る色鳥来

淋しくて扉ひらけば月匂ふ

宝物の手紙また読む良夜かな

流灯に還らぬ月日揺れてをり

音すべて吸ひ込む風の芒原

団栗の落ちて兄弟駈け出しぬ

鉄棒の子がひるがへす鰯雲

蓑虫の幾重まとひし孤独かな

わが影のみるみる融けて秋夕焼

回るのも止まるも下手な木の実独楽

秋の夜の語らぬ言葉聞いてをり

まつすぐに雨受けてをり曼珠沙華

竹林の闇ふくらます虫時雨

編笠の紅結うて風の盆

切なさの胡弓に尽くる風の盆

病めること人には言はず秋日傘

秋霖や膝寄せて切る母の爪

秋の蚊の打たれ易さよひとりの夜

月夜茸踏んで重たくなりし足

たつた今別れし人と月の道

柿日和笑顔の似合ふ人とゐて

間のありて言葉のありて良夜かな

かまつかや失ひしもの焦がれをり

ためらひの足元濡らすこぼれ萩

盆踊り見やう見真似の手が触るる

唇を水蜜桃に許します

木の実降るまた次の音待つてをり

指先が指先を恋ふ秋夕焼

とんぼ来てふと風の色変はりけり

露けしや出会ひし人も去る人も

青空のどこかが軋む野分あと

解体の決まりし家の石榴割れ

草の根も髪の根も持つ残暑かな

どこへも行けず天窓の鰯雲

はたはたの飛んで地球に弧を描く

菊人形姫に蕾の多かりき

秋風の好む石なり我も坐す

コスモスを描くすなはち風描く

一遍忌法話いよいよ涼新た

かばかりの雨に暮れゆく鴫の影

踊りの輪いつかひとつの下駄の音

月光の重さに伏せし睫かな

それとなく風送りたし秋扇

天高し男の握るにぎり飯

雁渡し人の言葉の裏返る

ほつほつと雨寒蟬の鳴き納め

林檎買ひ足す産休の始まりぬ

地を蹴つて徹夜踊りの郡上かな

もう一度外へ出てゆく月夜かな

柿剝きて昔話の始まりぬ

帯解けば闇より出づる虫の声

雨音のすき間隙間に昼の虫

指ほどけ眠りに落つるねこじやらし

雑音のラジオ八月十五日

母の家ひとりの影に虫すだく

白桃に深く刃を入れ独りの夜

一笛に山の崩るる運動会

母の息確かめに行く花野道

水澄みて沈黙といふ安堵感

秋灯もの書き散らす身のほとり

秋茄子の紺が暮色となりにけり

流灯を離せし腕胸を抱く

指切りの小指を染めて秋夕焼

松手入れ庭師の足を見て通る

蜻蛉の風に波あるごとく飛ぶ

日輪のかけらとなりて銀杏散る

尼様の還俗白粉花こぼれ

姫の香のゆかしさに立つ菊人形

抱き上ぐる子の無し桃を滴らす

朝寒の耳より覚める眠りかな

秋桜風は私の中に吹く

飛び立てるものに憧れ案山子かな

鰯雲少しづつ減る未来かな

ひやひやと女の握る火種かな

木の実降る白日の静けさに降る

冬

風の色白山茶花となりにけり

紙漉を待つ静けさに山のこゑ

耳底に海の木枯し連れ帰る

真夜覚めて木枯しの闇身じろげず

吸ふ息も吐く息もただ寒の底

浮寝鳥とろけるやうに日の暮れぬ

雪と火と湯立神事の始まりぬ

雪しまく夜は昴りの白となり

白い風白い影生む樹氷林

雪の道昨日の我を捨てに行く

凩や大樹意志あるごとく立つ

迷ひ消しゆく大根を刻む音

駅降りてまづ潮の香の冬至寺

煮凝りの目玉を貰ふ女の子

返り花とは言へぬほど咲きにけり

底冷す祖母亡き部屋の桐簞笥

つぶやきに本心を聞く霜夜かな

愛なくば髪の先まで枯れるべし

寒三日月切れさうな言葉かな

胞衣塚に行き止まりたる寒さかな

白鳥の暮れ残りたる光かな

冬菊やひなたの匂ひ残す夜

ひとり来て独りまたよし大枯野

短日のこはぜさらさらはづしけり

落葉掃く落葉しぐれに濡れながら

外套の衿立て直す男の背

宮殿に死者の門あり風花す

風花のささやき耳朶を熱くせり

京菓子の淡き色数日脚伸ぶ

むなしさを告げぬ虚しさ落葉掃く

年の市研師ひとりの黙に坐す

火の色の今朝より変はる冬に入る

花祭闇に触れたる男の手

妻の座の闇打ち据ゑて鬼やらひ

豆撒きの口開けて待つ紙袋

大須観音豆踏んで豆撒きぬ

寒波てふ見えない波にのまれをり

見えぬもの見据ゑて豆を打つてをり

霜の夜の終楽章へ耳澄ます

凍蝶のおのれの影を抜け出せず

一人づつ降りて最後の白き息

抽斗に女の暮らし日の短か

螺子を巻くブリキの玩具小六月

寒椿黒髪ほどに濡れてをり

近松忌けむりのごとく夜の雨

午後の日の甘くこぼるる冬桜

綿虫やふと軽くなる肩あたり

人の手に渡して光る氷かな

浮寝鳥数へるつもりなく数へ

鴨の陣ゆるゆるゆるゆるむ波間かな

冬うらら波音島を引き寄せる

亡き人の聶眉の店や大火鉢

そつと出る寒月光に濡れたくて

梟のきつと見てゐるこの世かな

寒禽のこゑ深々と空を突く

火と水を自在に使ふ年の暮

手袋をはづし言ひ訳すつと出る

刀匠の鋼ぶち込む寒の水

水鳥の陽だまりといふ聖域に

茶の花や仕立て直しの紬着て

鴨の陣ひとつの影に崩さるる

日向ぼこだんだん角の溶けてゆく

寒林の影は寡黙を重ねけり

故郷に煮凝りの骨透けてをり

鷹現れて蒼穹の深き黙

詩心のふくらむまでの焚火かな

咲き満ちてただしづかなる冬桜

和紙なぞる指に冬日を集めけり

柚子湯して良きことだけを数へけり

潔く生きると決めて寒の水

鍵開けて寒月光の滑り込む

大鳥居出でて枯野の人となる

過去形の話に焚火揺れてをり

水に浮く羽根一枚の寒さかな

寒椿誰をも許さぬ部屋を持つ

雪来ると言うて男の遠目かな

膝の子が狐火のこと聞きたがる

一葉忌路地に捨て湯の匂ひかな

無音てふ音の広がる冬座敷

雪の夜へそつと扉を開けてみる

冬木に手あてて落ち着く胸の風

死角から現れ至る冬の蜂

口数の減つて山茶花こぼれつぐ

愛摑み損ねて冬の熱帯魚

文楽の吊り広告や十二月

くれなゐのほろほろ崩れ冬紅葉

神木の影差してをり白障子

白足袋のこはぜはづして身を解く

着ぶくれて母がぽつりとありがたう

見上げれば裸木の抱く星の数

待ち人の来さう霜降る夜となり

わだかまり閉ぢ込めてゆく結氷期

湯気立てて母と姉とを取り持つて

山茶花の散るを見てをり父の椅子

見せるため引いてをりけり寒の紅

柚子湯してわが肉叢の匂ひ立つ

遥かなる闇引き寄せて神楽笛

裸木となりてまとふは風ばかり

煮凝りや少し猫背の父がゐる

鬼やらひ触れてはならぬ闇のあり

落葉踏む乾ききつたる音を踏む

少年のぶつきらぼうに落葉踏む

深雪晴れ三角点を目指しゆく

落葉踏む音の積まれてゆきし胸

凩を来て頤の尖りけり

黒髪といふ熱きものの風花す

毛糸編む時間の中へ逃げたくて

真夜覚めて雪の匂ひと思ひけり

夕暮の色吸ひ尽くし大地凍つ

恵美さんとのこと

近藤　愛

恵美さん、句集『白日傘』上梓、おめでとうございます。さわやかで明るい陽射しが感じられて、おしゃれな恵美さんらしいタイトルですね。句集をまとめるとのお話を聞いて、自分のことのように、いえ、それ以上に嬉しく思いました。郵便で届いた句稿の封筒を開けるときのワクワク感、読み始めたら止まらなくて一気に読んでしまいました。

恵美さんと初めてお会いしたのは、確か、平成十九年、高野山での「藍生」全国大会。

大瑠璃に覚め勤行を待つ時間

久しぶりに参加した大きな句会で、恵美さんのこの一句が忘れられません。緑深い高野山の早朝の空気感が、今でもよみがえってきます。

もう一つ、恵美さんとの忘れられない思い出が、熱田神宮での二人きりの吟行句会。欠席投句も含め投句数は三十句、しかし選をするのは二人、句会として成り立つのかと不安だったのですが、杞憂でした。思う存分、感想を言い合い、疑問をぶつけ、大いに語り合い、とにかく面白かった。どんなときもどんな場所でも句会はできると思ったものです。

「藍生」愛知の例会では、恵美さんのおおらかな進行がとても居心地よく、また視野の広い選句と心のこもった選評にずいぶん助けていただきました。今は私が進行役を務めていますが、まだまだ余裕がなく反省することばかりです。

吟行や句会でご一緒してしみじみ感じるのは、恵美さんは心から俳句が好きで、俳句を作るのが楽しくて仕方がない、ということです。飾らない人柄そのものに、たとえ深刻なことを詠んでいても、その句にはどこか軽やかさが感じられます。こんな見方、感じ方があるのかといつも感心し、そして、そんな句がつぎつぎと湧いてくることにも驚かされます。

句稿をいただいてすぐに一気に読み終え、次はじっくりと、三回目は気になった句を抜き書きしながら、……とさまざまな読み方で味わいました。そんな中から、私の好きな句を抄出させていただきます。

春キャベツざくざく切つて別れの日
ひよつとして天涯孤独春の風邪
梅東風の白きものから乾きけり
赤子つつみて神苑の白日傘
街薄暑おしやれな椅子がこちら向き
一列の風鈴風をつなぎけり
故郷の地図には載らぬ花野かな
はたはたの飛んで地球に弧を描く
雪の道昨日の我を捨てに行く
抽斗に女の暮らし日の短か

明るさの中に寂しさが、寂しさの中には明るさが感じられます。この句集を機に、さらに新しい境地を切り開いてゆかれるのではないでしょうか。どんな句に出会えるのか、これからも楽しみです。

あとがき

今年は六十年に一度の閏年丙申、私は還暦を迎えます。それで還暦を記念して句集を出したいと思いました。ちなみに閏年に四国遍路を逆打ちするとご利益が増すそうです。

昨年名古屋で「藍生」の全国大会があり、その折に杏子先生にご相談し、こうして句集を出す運びとなりました。

赤子つつみて神苑の白日傘

熱田神宮を一年に渡り吟行して詠んだ中の一句です。句集のタイトル『白日傘』はここからとりました。熱田神宮吟行での思い出深い一句です。

「藍生」は東京ということもあり地方に住む私としては句会に参加することも思うに任せず、現在は「深海」句会でも勉強させて頂いています。

「深海」の中村正幸先生は「藍生」愛知句会にもお忙しい中よく出席して下さり、愛知のメンバーとも親しくお付き合い頂いています。今回は身に余る「序文」を書いて頂き中村正幸先生には深く感謝申し上げます。また「跋文」をお願いした、「藍生」愛知の近藤愛様のご厚情ありがたく心よりお礼申し上げます。

「藍生」の皆様、「深海」の皆様、句縁につながる句友の皆様、本当にありがとうございます。

　句集を出すにあたり細やかなお手紙を下さった杏子先生のご指導に深く感謝申し上げます。

　最後になりましたが「文學の森」編集部の皆様ありがとうございました。

二〇一六年　文月

金子恵美

著者略歴

金子恵美（かねこ・えみ）

1956年　愛知県生まれ

1984年より作句

1990年　「藍生」入会

2007年　読売新聞とうかい文芸年間賞

2010年　「深海」入会

2011年　芭蕉蛤塚忌全国俳句大会大賞

2012年　中日新聞俳壇年間賞

　　　　「草枕」国際俳句大会入選

俳人協会会員

東海俳句作家会役員

現住所　〒444-0305　愛知県西尾市平坂町茶林19-1

句集

白日傘（しろひがさ）

発　行　平成二十八年十月三十一日
著　者　金子恵美
発行者　大山基利
発行所　株式会社　文學の森
〒一六九-〇〇七五
東京都新宿区高田馬場二-一-二　田島ビル八階
tel 03-5292-9188　fax 03-5292-9199
e-mail mori@bungak.com
ホームページ http://www.bungak.com
印刷・製本　竹田　登

ISBN978-4-86438-574-9　C0092